Première édition dans la collection *lutin poche* : juin 1999
© 1993, l'école des loisirs, Paris
Loi numéro 49 956 du 16 juillet 1949 sur les publications
destinées à la jeunesse : septembre 1993
Dépôt légal : juin 1999
Imprimé en France par Jean Lamour à Maxéville

KIMIKO

Au dodo, Popo !

lutin poche de l'école des loisirs
11, rue de Sèvres, Paris 6ᵉ

Une cuillère pour maman,
une cuillère pour Georgette,
une cuillère pour Popo…

« Dépêche-toi, c'est bientôt l'heure de faire dodo », dit maman.

Comme Popo aime le rose,
elle met son pyjama rose.

Si se brosser les dents c'est pas terrible,
le dentifrice à la fraise
c'est délicieux !

Avant de s'endormir,
maman lit une histoire de dinosaure.

Mais Popo ne peut pas dormir
sans Georgette son amie.

« Tu joues encore à cache-cache ? » dit-elle en cherchant dans le coffre.

« Hou ! Hou ! Georgette ! Où es-tu ? »
Popo regarde dans la baignoire.

Georgette peut vraiment se cacher partout, même dans le réfrigérateur.

« Ah ! te voilà, coquine !
Tu as fini tout le yaourt ! »

« Pas encore couchée ! » s'écrie maman,
« allez, vite au lit ! »